# Secrétaire Soumise (Interracial)

Collection de domination érotique

# Erika Sanders

# ERIKA SANDERS

Secrétaire Soumise
(Interracial)


Erika Sanders
Série
Collection de domination érotique

# Synopsis

Gloria est une jeune afro qui cherche de toute urgence un emploi pour pouvoir quitter la maison de ses parents et payer ce dont elle a besoin.

M. Anderson est à la recherche d'un secrétaire qui répond à ses exigences uniques et exigeantes.

Gloria peut-elle accepter les exigences de M. Anderson et être une bonne secrétaire...?

**Secrétaire Soumise** est un roman à fort contenu érotique BDSM et, à son tour, un nouveau roman appartenant à la collection Erotic Domination, une série de romans à forte teneur en BDSM romantique et érotique.

(Tous les personnages ont 18 ans ou plus)

# Remarque sur l'auteure

Erika Sanders est une écrivaine de renommée internationale, traduite dans plus de vingt langues, qui signe ses écrits les plus érotiques, loin de sa prose habituelle, de son nom de jeune fille.

# Indice:


Synopsis

Remarque sur l'auteure

Indice:

SECRÉTAIRE SOUMISE (INTERRACIAL) ERIKA SANDERS

CHAPITRE 1

CHAPITRE 2

CHAPITRE 3

CHAPITRE 4

CHAPITRE 5

CHAPITRE 6

CHAPITRE 7

CHAPITRE 8

FIN

SITUATION INATTENDUE ERIKA SANDERS

Chapitre I

Chapitre II

Chapitre III

Chapitre IV

FIN

# SECRÉTAIRE SOUMISE
# (INTERRACIAL)
# ERIKA SANDERS

# CHAPITRE 1

C'était excitant de voir la jeune aspirante secrétaire noire assise devant mon bureau, surtout en sachant ce que je savais d'elle.

Les vêtements qu'elle portait étaient en polyester bon marché dans l'un de ces magasins discount.

C'était la même chose qu'il portait lors de sa première interview, sauf qu'il avait une chemise différente.

Elle avait une belle paire de seins et elle avait l'air très douce, très innocente.

Il était assis modestement les jambes croisées, ses jointures sombres, mais un peu blanchâtres, étaient visibles par ses mains jointes et son pied se balançant nerveusement.

Chaque fois qu'elle écarta les mains, c'était pour insérer un piercing lâche qui ne semblait jamais rester en place derrière son oreille.

Il a regardé autour de mon bureau pour tout comprendre, mais il s'est rarement arrêté pour me regarder dans les yeux.

J'étais clairement nerveux.

Et elle avait parfaitement le droit d'être.

# CHAPITRE 2

"Gloria, je pense que je suis prêt à vous proposer une offre d'emploi, mais il y a une irrégularité dans votre candidature dont nous devons d'abord discuter", dis-je.

Ses yeux verts s'écarquillèrent comme des soucoupes et se déplaçaient d'un côté à l'autre encore plus nerveux.

Elle déglutit.

« Oh, qu'est-ce que c'est ?

"Eh bien, vous voyez," lui dis-je. "Il est venu à mon attention qu'il y en a, nous les appellerons des irrégularités, que vous n'avez pas mentionnées dans votre candidature. Par exemple, la question sur la deuxième page de savoir si vous avez déjà été condamné pour un crime auquel vous avez répondu dit non. Cependant, Lorsque j'ai vérifié vos antécédents, il s'est avéré que vous aviez été reconnu coupable de vol à l'étalage. Qu'avez-vous fait ? Pensez-vous que je ne vérifierais pas ? "

Il essaya sans succès de retenir ses larmes.

"S'il vous plaît," dit-elle. "J'ai essayé d'être honnête avant. Mais je n'ai même pas eu d'interview quand ils le voient. J'avais des moments difficiles dans ma vie et j'ai reçu des conseils pour lui ...".

« Vol », je l'ai aiguillonnée.

Ses joues sont devenues cramoisies.

"Oui. Et cela ne se reproduira plus jamais."

Elle secoua la tête comme pour dire non, pas comment, pas moi.

Il gémissait presque maintenant, un geste émotionnel, ce qui était agréable.

Je trouve que les femmes sont beaucoup plus faciles à gérer après avoir bien pleuré.

Aussi chevaleresque que je suis, j'ai ouvert mon tiroir et lui ai donné une boîte de mouchoirs.

"Merci," dit-il en s'essuyant le nez et les joues.

"C'est bien," dis-je. "Toi et moi parlons comme ça ... pour faire sortir toute la merde. Parce que c'est ce qui va se passer à partir de maintenant: Honnêteté totale. Pensez-vous que vous pouvez faire ça? Soyez complètement honnête?"

"Oui." Les larmes séchaient déjà.

Elle était toujours jolie même avec son maquillage en cours d'exécution.

"Depuis combien de temps cherchez-vous du travail?"

"Deux ans."

"Comment joindre les deux bouts? Petit ami ou parents?"

"Parents".

«Est-ce que c'est le seul vêtement professionnel que vous ayez?

"Oui..." Il baissa les yeux et frotta sa main sur le tissu brillant comme pour le faire disparaître. "Désolé."

"Il n'y a rien à regretter," dis-je. «Ecoute, je vais être honnête avec toi. La situation est contre toi. Quelqu'un d'autre peut venir ici et avec beaucoup moins que ce que tu as sur le questionnaire, obtenir beaucoup plus que ce que tu aurais jamais, si tu vois ce que je veux dire. Moi, par exemple. Je ne suis pas très grand et j'étais presque chauve au lycée. Pensez-vous que je n'ai pas eu à me gratter, à me coucher et à trébucher dans cette situation? Laissez-moi vous dire. J'ai dû travailler cinq fois plus fort que si j'avais été plus grande et plus dirigeante. C'était tentant d'abandonner tant de fois, mais j'avais un objectif en tête. "

Ses yeux étonnés.

Les gémissements et peut-être mon discours l'ont probablement fait se sentir plutôt positive à ce stade.

Et elle aurait besoin de toute la positivité qu'elle pourrait supporter.

«Alors Gloria, laisse-moi te poser une question. Es-tu prête à avoir un objectif en tête?

"Oui monsieur."

Elle gonfla fièrement sa poitrine, me laissant jeter un joli regard sur ses seins ivoire pulpeux.

"Oui, je le suis," finit-il.

"Bien. Tu as de grandes choses pour toi que je n'ai jamais eues. D'une part, tu as de grands yeux verts et une paire de lèvres sexy. Des lèvres qui ... enfin, honnêtement, des lèvres que les hommes appellent des lèvres. ils sont faits pour sucer. "

Les grands yeux verts montrèrent à nouveau la stupéfaction, mais ils étaient toujours jolis.

Les lèvres, les lèvres me rendaient encore plus dure, comme un rocher.

Il attrapa son portefeuille en cuir sur mon bureau et se leva.

«Pose ça, Gloria, et reste à ta place. Nous sommes honnêtes ici, n'est-ce pas? Deux adultes. Toi et moi. Réponds maintenant à une question. As-tu déjà fait une pipe avant?

"Ouais, mais c'était-c'était-c'était avec mon petit ami."

«Et elle avait probablement l'air beaucoup mieux que moi. Eh bien, j'ai déjà embauché des filles. Des filles qui étaient mieux notées. Des filles qui n'avaient pas de prieur. Des filles qui n'ont rien volé. Tu vois où je vais ici?

Il se rassit, serrant désespérément le portefeuille.

"Oui monsieur."

"Bien. Alors ne soyons pas plus innocents ici, ni comme toi avec moi. Toi et moi ne sommes pas si différents. Maintenant tu me comprends?"

"Non," réussit-il à prononcer.

"Peux-tu me dire ce qui ne va pas avec ça? Je suis propre. Je n'ai aucune maladie. Je ne m'attends pas à du sexe. Juste un peu de miel pour mes yeux qui m'excitera et une pipe rapide ... et c'est tout."

Eh bien, je n'étais pas complètement honnête ici.

Je m'attendrais à des fellations, beaucoup d'entre elles, et bien faites, même professionnellement.

Et des bonbons pour les yeux.

Attention, elle est un bonbon pour les yeux.

Elle regardait sur le côté.

Je pensais à ce qui était bien.

"Pas de sexe?" elle a demandé.

"C'est vrai. Pas de sexe. Juste une pipe rapide, tout comme le président des États-Unis. Le sexe est surfait de toute façon. Je préfère les pipes. Avec le sexe, il faut se soucier des préliminaires et de toute la carrière. . Avec le sexe, vous devez vous soucier des baisers, de l'amour et des câlins après. Avec les pipes, les choses sont beaucoup plus simples. Les pipes ne sont que pour le plaisir. Les pipes vous permettent de conserver votre pouvoir. Vous pouvez recevoir une pipe presque n'importe où et ça Plus important encore, je n'ai jamais eu de mauvaise pipe.

Il n'arrêtait pas de réfléchir, mais il n'avait pas dit non.

Elle avait juste besoin de lui pour bien le vendre.

Et je suis doué pour vendre des choses.

"Ecoute, pense juste à ça comme un tremplin. Cela te fera sortir de la maison de tes parents et de toi-même. Tu auras aussi un travail et tu sais ce qu'ils disent. C'est plus facile de trouver un autre travail quand tu as un travail."

Il cligna des yeux sur la dernière larme et regarda mon entrejambe.

"Vas-tu vraiment me donner le poste?"

Je voulais sourire.

J'avais envie de rire.

Elle achetait tout le lot.

J'ai fait de mon mieux pour contenir mes émotions.

«Je te l'ai dit, n'est-ce pas?

"D'accord ... d'accord, je vais le faire."

"Bien. Pourquoi ne fermez-vous pas la porte et ne le faites pas?"

"Maintenant?" elle a demandé incrédule.

"C'est vrai. Nous ne sommes pas amis. Nous ne sommes pas amoureux. C'est juste une relation d'affaires. Que pensez-vous que je vais faire, prendre la parole d'un voleur condamné?"

"Mais il y a des gens là-bas."

«Et la porte sera fermée», lui dis-je. "Regarde, prends tes affaires et va ou leve-toi et ferme la porte."

Elle se leva, ferma la porte et resta là, stupéfaite.

Jésus, ça n'allait pas être aussi difficile que je ne le pensais.

# CHAPITRE 3

"Maintenant, viens ici. C'est ma fille. Non, tu ne t'assois pas. Donne-moi d'abord un petit spectacle ... des bonbons pour les yeux pour me mettre dans l'ambiance."

Il était déjà dur, mais il voulait qu'elle travaille pour ça.

"Je ne comprends pas."

Elle a très bien compris.

Il avait juste besoin d'être dit, il voulait que ce soit mon idée.

"Tu sais, un petit strip-tease. Rien d'extraordinaire. Un petit show, rien de compliqué, un éclair de culotte, et montre-moi tes seins. Mettez-moi dans l'ambiance, fille. Sinon, vous serez là toute la journée."

Elle fit une tentative pathétique de montrer un petit bouton de cuisse et de ventre.

Mon érection s'estompait.

"Ecoute, tu ferais mieux de commencer à prendre ça au sérieux. Je pourrais commencer avec vingt mille ou trente mille," dis-je. "Pensez-y."

Cela a fait la différence.

Elle n'était pas bonne, mais avec le temps, elle apprendrait.

Il en savait assez pour bouger ses hanches et frotter ses mains sur son corps.

Elle m'a donné un aperçu de sa culotte en coton blanc.

J'ai fait la grimace.

Elle rougit.

"Ces culottes devront disparaître. Pas maintenant, mais on vous demandera de porter quelque chose de beaucoup plus sexy à partir de maintenant."

Lentement, elle déboutonna son chemisier.

«D'où vient tes sous-vêtements, des soldes? Non, ne réponds pas à ça. Allez, enlève-le. Tu pourrais aussi acheter quelque chose que tu peux décrocher de l'avant, parce que je vais vouloir voir tes seins à chaque fois que tu m'excites.

Elle ôta son chemisier et le posa soigneusement sur la table.

Puis elle retira les bretelles du soutien-gorge de ses épaules et essaya timidement de se retourner.

"Ne reviens pas" dis-je "Je veux bien te voir."

Elle tordit le soutien-gorge et décrocha le fermoir.

Ses seins étaient gros avec des aréoles dodues et inégales et de longs mamelons pointus.

Mmmm, mes favoris.

Si elle était ma petite amie, elle les aurait embrassés.

Mais les choses sont comme elles étaient, alors pourquoi se donner la peine d'y penser?

Je me suis penché en arrière sur ma chaise et j'ai écarté les jambes.

"Sors ma bite."

Il a sorti ma bite de mon pantalon et l'a tenue dans sa main, la pompant lentement.

"Tu connais la différence entre une pipe et une branlette, n'est-ce pas Gloria?"

Il regarda le coq dans sa main et hocha la tête.

"Embrasse-le de haut en bas. C'est une fille. Regarde-moi le faire pour que je puisse voir ces jolis yeux verts."

Elle leva les yeux dans l'expectative entre mes jambes.

Elle était parfaite.

Je savais que je n'allais pas pouvoir me retenir longtemps avec elle.

"Maintenant suce. Couvre tes dents avec tes lèvres charnues, ouais, ces lèvres qui sucent. Mmmmm ... oh ouais. Tu as été fait pour sucer des bites, tu le sais? Maintenant, ce que je veux que tu fasses, c'est de temps en temps que tu le fais, vous le sortez de votre bouche et ouvrez vos lèvres et embrassez ma tête ».

Elle a fait ce que j'ai demandé, mais ce n'était pas l'effet que je recherchais.

"Non ainsi non." J'ai soulevé ma bite et l'ai guidée sous son cou, puis j'ai incliné son visage vers le haut. "Pucker ces grosses lèvres et ouvrir un peu la bouche."

Elle a fait.

La tête de ma bite était maintenant encadrée par ses lèvres de rouge à lèvres ridées.

C'était parfait.

"C'est beau, maintenant je veux le voir sortir de ta mâchoire. Merde, non, pas comme ça. Laisse-moi t'aider."

J'ai tourné la tête pour que sa mâchoire dépasse de ma bite.

Ses lèvres épaisses étaient enroulées autour de mon membre.

Dieu, elle était si sexy.

«Regarde-moi, Gloria.

Elle m'a regardé avec ces grands yeux verts, alors qu'elle léchait le dessous de mon membre avec sa langue de velours.

"Putain, tu es sexy. Je parie que ton copain veut que tu lui fasses ça comme ça tout le temps," lui dis-je, faisant rougir ses joues. "Allez bébé, je suis prêt à jouir maintenant. Suce-moi. Suce-moi fort et vite et coupe mes couilles."

Elle est descendue sur moi, me baisant avec sa bouche chaude.

Il était évident qu'elle avait fait cela avant, et à plusieurs reprises, et était tombée dans un rythme.

Cependant, il voulait que ce soit sa tâche habituelle.

Il allait en faire la reine des pipes avant qu'elle n'obtienne un autre travail.

«Plus vite Gloria, plus vite», lui ai-je insisté, gardant ses cheveux hors de ma vue pour que je puisse la voir en action. "Suce, suce, suce, je ne t'entends pas sucer."

Sa bouche a sucé et coulé, alors qu'il accélérait et abaissait ma bite.

J'ai senti le sperme monter.

Je lui ai presque dit "attendez, arrêtez je vais venir". Tu peux le créer? J'avais tellement l'habitude de décoller avant ... Et bien la réciprocité que j'ai presque oublié que je n'avais pas à le faire.

"Ugh, ugh, mon fils de pute. Je suis prêt. Je suis tellement prêt. N'ose pas arrêter de sucer," la prévins-je en me penchant en arrière sur mon siège et en agrippant fermement les accoudoirs.

Putain, ça allait être génial.

J'ai senti ma bite gonfler et devenir encore plus forte.

Mon sperme est sorti.

Merde, elle m'a fait jouir comme si j'étais une adolescente.

Mes couilles se vidèrent, pompant mon jus chaud dans sa bouche.

Elle émit un son inconfortable, mais continua de sucer avec diligence.

J'ai sorti ma bite de sa bouche doucement.

Ses lèvres étaient fermées et une partie de mon sperme s'infiltrait entre ses lèvres pincées.

"Ouvre ta bouche pour que je puisse le voir." M'a dit.

Son visage était rouge vif et ses yeux devenaient larmoyants.

Il ne voulait clairement pas, mais à la fin il ferma les yeux et ouvrit la bouche.

"Laisse-moi voir ta langue. Wow, je t'ai certainement donné une bonne charge n'est-ce pas? Je ne suis pas venu comme ça depuis longtemps," dis-je. «Vas-y, tu sais où il va maintenant. Par la trappe.

Il grimaça, revêtit le visage souriant le plus mignon que j'aie jamais vu et l'avala.

# CHAPITRE 4

«Tu es une merveilleuse chérie. Maintenant nettoie ma bite et remets-la dans mon pantalon. Après ça, tu peux te nettoyer.

Elle obéit silencieusement, évitant mes yeux tout le temps, comme si elle était une étrangère, ce qui me convenait.

«Pouvez-vous commencer demain? J'ai demandé.

"Oui monsieur," hurla-t-elle presque.

"Bien," dis-je en sortant mon portefeuille. «Je vais te donner ma carte de crédit et je veux que tu ailles t'acheter des vêtements sexy. Par sexy, je veux dire serré, court et fin et non, je le répète, ne les achète pas dans les magasins discount. Nouvelles culottes et soutiens-gorge avec les mêmes spécifications. Je me fiche de ce que portent les autres femmes ici, tu porteras des bas et des talons au travail, tous les jours. Si je dois te regarder huit heures par jour, je m'attends à voir quelque chose d'intéressant en vue. D'accord?

Elle hocha la tête, prenant ma carte de crédit.

«Souris chérie, j'attends des sourires et une attitude amicale si tu vas travailler ici», dis-je. "Et un merci pour le poste serait bien."

Son visage s'illumina momentanément d'un sourire.

"Merci," dit-elle.

"Gardez les reçus. Vous me paierez à temps."

Dieu, c'était bon d'être moi.

Je suis dévoué à une belle fille ...

# CHAPITRE 5

Deux ans plus tard...

Gloria entra dans le bureau et verrouilla la porte.

Elle était presque méconnaissable de la façon dont elle est arrivée le premier jour.

Ses cheveux étaient une masse de mèches de platine foncées.

Ses sous-vêtements avaient été sélectionnés dans le catalogue Victoria's Secret où j'ai insisté pour qu'elle achète également tous ses vêtements de bureau.

Aujourd'hui, elle portait une jupe rayée qui serrait ses hanches et se fendait jusqu'à sa cuisse.

Sous son manteau de sport ajusté, son chemisier blanc était déboutonné jusqu'au milieu de sa poitrine, révélant un soutien-gorge en dentelle et ses seins fermes et ronds.

Elle n'était pas seulement ma secrétaire, elle était devenue le fantasme de la secrétaire parfaite pour tout homme.

Il portait un sac sur son épaule qu'il posa sur mon bureau.

«Tu as l'air particulièrement sexy aujourd'hui, Gloria. Essayez-vous d'obtenir des points supplémentaires pour votre évaluation annuelle? Je lui demande. "Eh bien, je peux être influencé à la dernière minute si vous voyez ce que je veux dire. Alors donnez-moi un spectacle spécial aujourd'hui. Et vous feriez mieux d'y mettre tous vos efforts."

Parfois, je peux être un vrai salaud, non?

La vérité était qu'il avait déjà rédigé son évaluation et c'était très bien.

Le meilleur que j'ai osé lui offrir.

Gloria m'a fait un sourire spécial quand elle a posé sa main sur le bureau, ses jeunes seins fermes pendaient bas à son haut, et elle a allumé la radio très bas.

Puis il est retourné à la porte, eh bien, c'était plus comme se pavaner: un pied l'a déplacé dans l'autre, balançant ses hanches, travaillant ce cul serré et mince comme je l'aimais.

Quand elle atteignit la porte, elle empila ses longs cheveux noirs platine sur sa tête, se retourna et fit sauter la tempe de ses lunettes dans sa bouche.

Les lunettes étaient mon idée, bien sûr.

Il y a quelque chose chez une fille sexy à lunettes qui me rend dur en une minute, et c'était dur.

«M. Anderson», dit-il. "Avez-vous déjà vu mon nouveau soutien-gorge? C'est vraiment sexy. Voudriez-vous le voir?"

"Bien sûr," dis-je. "J'aimerais."

«Je ne sais pas,» dit-elle, ses doigts défaisant déjà les boutons de son chemisier. "Il est comme mon patron et tout ça. Je ne sais pas si ça ira."

"Mais tu aimes te montrer à ton patron, n'est-ce pas? La façon dont tu t'habilles tous les jours, exhibe ton corps. Tu penses que je ne sais pas ce que tu essaies de me séduire? Tu penses que tout le monde au bureau ne sait pas?" "

Je ne pouvais pas la faire rougir comme avant.

Il était le seul homme dans un bureau rempli de femmes.

Et quand Gloria s'est présentée pour son premier jour de travail dans ses costumes moulants et ses talons hauts, un silence est tombé dans le bureau alors que toutes les autres femmes s'arrêtaient et la regardaient, sachant instantanément comment la nouvelle secrétaire avait obtenu son travail et comment elle avait l'intention. garde le.

Oh, comme Gloria rougit à la chaleur de leurs regards.

J'étais à genoux dans mon bureau en quelques minutes.

Gloria était assise sur le bord de mon bureau avec ses longues jambes croisées.

Sa jupe remontait montrant le haut de ses bas et son bracelet à la cheville.

Elle écarta son chemisier, révélant son soutien-gorge.

C'était presque transparent: je pouvais facilement voir le contour de sa tétine rose à travers le tissu.

"Pensez-vous que c'est joli?" elle a demandé.

"Je ne vois vraiment pas grand chose à dire pour le moment."

Elle a enlevé son chemisier et bercé son corps au rythme de la musique.

«Pouvez-vous bien le voir maintenant, M. Anderson?

"Ça a l'air bien pour l'instant Gloria," lui dis-je. "Mais je me demandais. Est-ce que tu portes une culotte assortie?"

"Comment as-tu deviné?"

Mais vous savez, aussi amusant que c'était de jouer au jeu innocent patron-secrétaire, ce n'était pas ce que je voulais aujourd'hui.

# CHAPITRE 6

"Gloria, et si nous arrêtions cette performance innocente et que vous sautiez sur le bureau. Je veux que vous soyez méchante aujourd'hui. Je veux que vous me jetiez cette merde au visage," dis-je. "Oh, et n'oubliez pas d'enlever vos talons. J'ai encore des égratignures de la dernière fois.

Il rougit finalement un peu.

Elle aimait jouer l'innocente ou même la séductrice, mais jamais la strip-teaseuse.

Heureusement pour moi, je ne l'ai pas payé parce qu'il aimait son travail.

Souriant, je l'ai regardée enlever ses talons et puis je l'ai aidée à monter sur le bureau.

Ecoute, je peux être gentille aussi.

Elle portait des bas et ne voulait pas qu'elle glisse en essayant de monter sur le bureau.

J'ai mis la radio sur quelque chose d'un peu plus sympa, du hard rock …

Comment approprié.

Il a dansé, pour moi, bougeant son corps sur mon bureau.

Elle s'écarta et retira les bretelles de son soutien-gorge.

Quand elle s'est retournée, elle a tenu le soutien-gorge en coupe contre ses seins, le repoussant de manière séduisante.

Ses seins galbés pendant comme des fruits frais, avides de récolte.

«Allez, Gloria,» je l'ai exhorté. "Ça marche pour moi. Tu sais combien j'aime ça."

Elle devrait le savoir maintenant après deux ans.

Je l'ai emmenée dans les bars après le travail, pour qu'elle puisse voir comment les pros l'ont fait.

Après cela, je l'ai aidé dans sa pratique, et lui ai donné mes propres suggestions sur la façon dont il pourrait l'améliorer.

Elle s'accroupit et serra les hanches, travaillant sa chatte juste devant mon visage, comme je l'aimais.

La petite bande de tissu qui était sa culotte, se glissa entre les plis des lèvres de sa chatte.

Mon Dieu, c'était une déesse et j'étais le boss le plus chanceux du monde.

"Putain, on dirait que ta chatte essaie de manger ta culotte," lui dis-je. "Allez, laisse-moi voir. Tout."

Elle se leva et accrocha ses pouces à la ceinture de sa culotte.

Se retournant, elle les abaissa un peu et se pencha devant moi pour me montrer son petit anus.

Puis de nouveau vers l'avant, jusqu'à ce que je puisse distinguer la faible trace de chatte nue.

"Merde, je suis dur comme une pierre." M'a dit. "Laisse-moi les enlever pour que je puisse voir ta petite chatte."

Elle s'assit et posa ses pieds recouverts de bas sur mes genoux.

Alors que je travaillais pour la retirer de sa culotte, elle a massé ma bite à travers mon pantalon avec ses pieds.

La chatte de Gloria avait l'air si attrayante.

Ses lèvres humides et rasées s'entrouvrirent, montrant son excitation.

Au-dessus d'eux se trouvait un petit triangle de cheveux de deux pouces de long sur un pouce de large.

La taille même de son triangle pubien faisait partie de ses règles de travail non écrites, tout comme l'anneau nombril qui brillait sur son ventre.

"Écarte ces jambes, bébé," je l'exhorte. "Je veux aussi voir l'intérieur."

Un petit hoquet s'échappa de ses lèvres, alors qu'elle écartait les jambes et remontait ses hanches.

Sa chatte, si humide et douillette.

Pensait-il qu'il ne l'avait pas encore foutu?

Aussi incroyable que cela puisse paraître, c'était vrai.

Elle a eu ma pipe tous les jours et parfois deux fois par jour, mais je ne suis jamais entré dans sa chatte.

À en juger par certains de ses regards déçus et son état manifestement excité, j'aurais pu entrer en lui plusieurs fois si je l'avais voulu.

Mais regardons les choses en face.

Il avait des fellations quand il le voulait et une relation totalement simple.

La dernière chose qu'il voulait faire était de tout gâcher et de le ruiner.

"Fais demi-tour," lui dis-je. "Je veux te baiser la bouche."

Ses yeux ont supplié, "S'il vous plaît, pouvons-nous faire autre chose?"

Mais elle se retourna docilement, pencha sa tête en arrière sur le bord du bureau, et ses cheveux tombèrent en cascade sur mes genoux.

Ses grands yeux verts étaient grands et imploraient: "Ne fais pas ça aujourd'hui."

Mais c'était sa journée annuelle d'évaluation après tout, et elle n'avait aucune intention de lui faciliter la tâche.

C'est pourquoi je voulais baiser sa bouche; quelque chose qu'il gardait comme punition.

Oh, je sais, elle préfère se mettre à genoux et me faire du bien et elle me ferait du bien.

Elle était experte en battements de langue, en succion de balles, en baisers courts, en massage de la langue, en taquineries urétrales, en poing tordu.

Comme je l'ai déjà dit, il était le patron le plus chanceux du monde.

Je me suis levé et j'ai mis mon pantalon et mon boxer à genoux.

Elle a ouvert la bouche et a fait de son mieux pour niveler sa gorge en poussant sur ma bite.

"Écarte ta chatte pour moi," ordonnai-je. «Je veux voir cette chatte humide pendant que je te baise la bouche.

Elle grogna et le souffle d'air chaud chatouilla mes couilles alors qu'elle séparait docilement ses lèvres de sa chatte.

J'étais au paradis.

J'ai poussé sa bouche d'un seul coup jusqu'à ce que mon pubis touche son menton.

Il pouvait sentir sa nausée involontaire à l'intrusion.

Oh comme il détestait ça.

Pas tellement parce que c'était inconfortable, mais parce qu'il ne pouvait pas bien parler quand il avait fini et que cela provoquait également des stries rouges de chaque côté de son rouge à lèvres.

C'était embarrassant pour elle et elle faisait de son mieux pour éviter les autres quand tout était fini.

Et même si elle allait très bien, étant le salaud que je suis, elle appelait généralement l'une des autres filles qui travaillaient avec elle pour lui demander un rapport quand elle avait terminé.

Rien que d'y penser a fait bouillir le sperme dans mes couilles.

Putain, j'ai repensé au match de basket que j'avais regardé la veille, travaillant sur toutes les possessions, pensant à autre chose, pour éviter de venir trop tôt.

Je voulais savourer l'instant.

Quand j'ai repris le contrôle, j'ai accéléré le rythme.

Sa respiration devenait de plus en plus difficile.

Gloria tenait toujours les lèvres de sa chatte ouvertes, mais maintenant un doigt dansait sur son clitoris en petits cercles.

"Vous savez comment faire mieux," lui dis-je. "Joue un peu avec tes mamelons."

Nous étions ici pour mon plaisir, pas pour elle.

Je sentis son grognement de colère vibrer contre ma bite.

Ses longs ongles peints en rouge se déplaçaient vers le haut, se rétrécissaient et tiraient sur ses mamelons.

Merde!

Je devais penser à la performance d'arbitre la plus foutue du match d'hier juste pour reprendre le contrôle de mon esprit.

Je l'ai attrapé plus vite.

Sa gorge était serrée autour de ma bite.

Sa respiration se coupa.

Putain, putain.

J'ai essayé de repenser au match de basket, mais je ne pouvais plus.

Merde, j'allais jouir sans remède.

Mais avant que je puisse, elle a attrapé ma bite et l'a sorti de sa bouche et s'est assise.

"Putain de quoi!" J'ai presque crié, oubliant momentanément où nous étions.

Elle toussa et essuya la salive de ses lèvres, et pointa un doigt sur mon visage.

"Je ne peux plus faire ça," dit-il, sa voix rauque, rauque de ma dévastation dans sa gorge.

"Quoi?" J'ai été étonné "Avez-vous une autre offre d'emploi? Avez-vous emménagé avec un idiot?"

"Non," dit-elle. «Ecoute, je sais que tu m'as donné de mauvaises références sur moi-même... et tu penses que je ne sais pas comment j'ai toujours l'air d'avoir des heures supplémentaires quand je sors avec quelqu'un. Ou comment tu te présente tout d'un coup chez moi pour vérifier si je suis avec quelqu'un. Quel genre de choses étranges juste pour s'assurer qu'il ne trouve pas un moyen de sortir de notre accord? "

"Regarde" merde, j'étais dur et j'avais besoin de venir. La dernière chose que M. Polla ou moi voulions, c'était une dispute. "Je sais que je peux parfois être un connard, mais j'ai pris soin de vous, n'est-ce pas? J'ai pris un risque alors que personne d'autre ne l'aurait fait. Vous êtes l'une des secrétaires les mieux payées ici mais la mieux payée. Et le jour du secrétaire, qui toujours avez les meilleurs cadeaux?

«Je m'en fous de ça», dit-il. Dieu, elle était vraiment folle. "Cet arrangement est déjà nul. Et nous allons devoir le résoudre avec autre chose."

Il voulait sourire à son jeu de mots involontaire, mais elle ne semblait pas de très bonne humeur.

Ce dont je suis sûr, c'est qu'il voulait le garder.

Elle n'était pas une mauvaise secrétaire et elle était incroyablement attirante, sans parler de ses compétences orales qui s'étaient considérablement développées.

Plus important encore, M. Polla ne voulait pas que je passe à côté de la meilleure chose qui lui soit arrivée depuis que j'ai découvert la masturbation à l'adolescence.

"Et vous en voulez plus ?" Je lui demande.

Je m'attendais à ce qu'elle me confronte.

Me disputer pour une pipe par semaine.

Prenez un peu de temps.

Faites-moi promettre de vous donner de bonnes références.

Au lieu de cela, j'ai été surpris quand elle s'est penchée sur la table, a écarté ces longues et belles jambes et s'est mise à ma disposition.

# CHAPITRE 7

C'était évident ce qu'il voulait, mais j'étais encore un peu en colère contre la façon dont il m'avait commenté la situation.

Cela ne faisait pas de mal qu'il reprenne le contrôle de la situation.

Alors au lieu de la baiser comme un nouveau sol, j'ai taquiné son trou chaud avec la tête de ma bite.

Elle a essayé de tituber contre moi, mais j'ai reculé et repris mes taquineries.

"Gloria," dis-je. «Je ne sais pas ce que tu veux. Pourquoi tu ne me le dis pas?

Elle a essayé de se pousser à nouveau contre moi.

Encore une fois, ce qu'il voulait était évident, mais il voulait l'entendre le dire.

Elle grogna, gémit et cambra le dos.

Dieu, elle était tellement sexy.

Cependant, j'avais sucé au moins une ou deux fois par jour de travail au cours des deux dernières années.

J'avais l'impression d'être dans une bien meilleure position de force qu'elle.

Et finalement, il a été prouvé qu'il avait raison.

"Je me fiche de ces choses, j'ai juste besoin de toi à l'intérieur," haleta-t-il. "J'ai besoin de toi à l'intérieur de moi. J'ai besoin que tu me 'baises'. Putain, j'ai tellement besoin de toi dans ma chatte. S'il te plaît, je t'en supplie. Ugh, je suis ... oh, mon Dieu, je suis tellement désespérée."

C'était de la musique à mes oreilles.

"Tu avais désespérément besoin d'un travail, et maintenant tu as désespérément besoin de te faire baiser," lui dis-je, taquinant toujours sa chatte. "Personnellement, j'aime notre arrangement actuel. Mais, tu as une petite chatte chaude là-bas. Ça te dérange si je le prends comme une preuve de ton engagement à travailler?"

«Ouiiiiii! gémit-elle, alors que je la giflais et lui enfonçais ma bite dure. "Oh ouais c'est ça, baise-moi. Baise-moi fort."

"Chut," sifflai-je.

Gloria lécha quelques doigts pour étouffer ses cris alors que je accélérais le rythme.

Dieu, elle était chaude et oh comme elle était mouillée!

Ma bite brillait de son lait abondant.

Il ne fallut pas longtemps avant que je réalise que j'allais éclater en elle et que je n'étais pas encore prête.

Alors je me suis retiré et j'ai recommencé à la taquiner.

Elle gémit de consternation et essaya de reculer et de s'empaler sur ma bite.

# CHAPITRE 8

"Hmm, c'était bien," lui dis-je. « Mais vous vous rendez compte qu'en mettant votre chatte en jeu, pour ainsi dire, vous mettez tout ça dedans. . . "J'ai poussé ma bite au milieu de sa chatte serrée, je me suis arrêté, puis je l'ai complètement retirée." Et je le pense. "J'ai déplacé ma bite d'environ un demi-pouce vers le haut, et j'ai poussé contre l'anus serré et plissé sur son cul." Que diriez-vous de jouer avec la partie sud? Comprenez-vous ce que je dis? Je veux goûter ton cul depuis un moment maintenant. . . Voyons quel trou je préfère. "

Gloria ne recula pas.

Au lieu de cela, elle a poussé contre moi.

"Ummm, juste ummm, oh, mon Dieu, s'il te plaît ne me blesse pas," gémit-elle.

"Cela ne devrait pas trop faire mal avec la façon dont vous êtes lubrifiée," la rassurai-je. « Essaye juste de te détendre. Et puis je l'ai enfoncée dans son anus serré.

"Oh mon Dieu. Oh mon Dieu," haleta-t-elle, luttant pour se retirer, mais mon bureau la retint.

"Gardez-le bas," sifflai-je.

Merde, qu'est-ce qu'il essayait de faire pour nous avoir?

Pour ma part, j'ai ralenti et arrêté alors qu'il était avec ma bite à moitié rentrée dans son cul.

Je dois vous dire que c'était un pur plaisir.

Serré?

Serré, ça ne commence même pas à décrire ce que j'ai ressenti quand c'était sur ses fesses.

C'était comme se faire traire ma bite par un gant de velours affamé.

Je l'ai pris quelques fois, très lentement.

Ralentissez et ralentissez.

Il suffit de le diviser par deux à chaque fois.

J'aurais aimé en faire plus, mais Gloria faisait trop de bruit, même avec trois doigts serrés dans sa bouche.

Soyez juste patient, me suis-je dit.

"Tu as un petit cul chaud, Gloria," dis-je en sortant sa bite. "Je vais devoir refaire ça. Oui, évidemment."

Ses fesses étaient si mignonnes et son anus était distendu et rouge.

Je l'ai touché avec mon doigt, la faisant haleter, juste pour m'amuser.

Ensuite, je me suis déplacé autour du bureau et ai sorti ses doigts de sa bouche.

Elle savait ce qu'elle voulait, mais tourna la tête sur le côté, essayant de l'éviter.

"Allez Gloria," dis-je. "Par tous les trous bébé. Sinon, comment vais-je savoir quel trou je préfère? De plus, je vais devoir venir ici avant de revenir là où tu veux que je le mette. Tu vois ce que je veux dire, non?"

Elle a examiné ma bite avec un air de dégoût, mais à la fin, elle la voulait dans sa chatte plus qu'elle ne voulait la sucer.

À contrecœur, il ouvrit la bouche et la prit.

Je lui ai tenu la bouche pendant quelques minutes, puis je me suis reculé et suis retourné de l'autre côté de la table et l'ai retournée.

Sa chatte était de la hauteur parfaite.

J'ai sauté les jeux et poussé ma bite rudement contre elle.

Je lui ai pilonné la chatte au rythme de la musique.

Elle voulait qu'ils sachent qu'elle avait été baisée.

Gloria grimaçait et gémissait à chaque poussée.

"Joue avec ta chatte et suce tes doigts bébé," lui dis-je. "Je me prépare à jouir et je veux des bonbons pour les yeux."

Et je m'approchais vraiment de jouir et aucune quantité de jeu imaginatif ou de réflexion sur le rapport que je devais livrer dans une heure n'allait le retarder davantage.

«Prends-tu la pilule, Gloria? Ai-je demandé, me forçant à ralentir un peu.

Elle secoua la tête.

"Non," murmura-t-elle.

"Mais tu veux que je vienne en toi, non?" J'ai demandé.

Elle secoua la tête, mais ce n'est pas ce qu'elle a dit.

"Oui," siffla-t-elle.

Ce n'est qu'un murmure.

"Alors dis-moi," ai-je insisté. «Dis-moi où tu le veux. Dis-moi ce que tu veux, sale voleur.

"Je le veux dans ma chatte … Je veux que tu viennes en moi."

Ses mains ont attrapé mes fesses et m'ont poussé fort en elle.

"Je t'ai dit d'arrêter de jouer avec cette chatte?" J'ai demandé.

Elle secoua la tête et abaissa ses mains vers son entrejambe, reprenant le vieux cercle autour de son clitoris.

«Plus vite,» ai-je demandé et avec un hoquet, elle obéit docilement.

Mon rythme s'est accéléré.

Merde, je me rapprochais et elle était tellement belle.

Et le contrôle qu'il avait sur elle rendait la situation encore plus chaude qu'elle.

C'était ma secrétaire, ma dernière secrétaire.

Les bas, le bracelet de cheville, l'anneau d'orteil, l'anneau de nombril, les ongles longs et les cheveux foncés en platine étaient tout pour moi.

Cela aurait dû être suffisant pour n'importe quel homme, et pourtant il en voulait plus.

«Je veux que tu ailles à la clinique après ça et que tu obtiennes une prescription pour la pilule, d'accord? Je l'ai attrapée par les tétons et l'ai tirée.

"Oui," haleta-t-il.

"Si ce?" J'ai demandé.

"Oui, mmm. M. Anderson."

«Ils ont besoin d'un examen pour ça, non, Gloria? M'a dit.

Oh ouais, le sperme augmentait maintenant.

Ça allait être bientôt.

«Oui, M. Anderson.

«Je veux que tu y ailles quand j'aurai fini de te baiser, tu comprends?

"Uhhmm, oui monsieur, M. Anderson."

Ses longues jambes s'enroulaient autour de ma taille, me tirant vers elle à chaque poussée.

Sa chatte me serra fort.

«Qu'est-ce qu'ils vont penser de toi qui te présente avec beaucoup de sperme, hein Gloria? Et tu ferais mieux de ne pas t'asseoir sur le chemin à moins que tu ne veuilles laisser l'endroit vraiment humide», dis-je.

Je pouvais sentir mes couilles spasmes.

Je ne pouvais plus me contenir, c'était en elle ou en elle.

"Ugh. Je vais arriver ... où le veux-tu? Où le veux-tu?"

Ses yeux étaient fermés et son visage tordu de passion.

"Sur moi! Sur moi! Oh mon Dieu! Oh mon Dieu! Sperme sur ma chatte! Dépêche-toi ... putain, putain je vais aussi!" gémit-elle.

Jésus, elle était bruyante.

J'ai couvert sa bouche avec ma main pendant que je continuais à la baiser, pompant giclée après giclée de sperme dans sa chatte serrée.

Je l'ai baisée aussi fort que possible, jetant des papiers du bureau au sol.

Gloria se tordit sous moi comme un bronco, soulevant ses fesses du bureau, alors qu'elle tenait ma forte emprise entre ses fortes cuisses.

Je me sentais faible quand j'ai fini, mais il restait encore beaucoup à faire.

Quand je suis sorti d'elle, j'ai posé sa main sur sa chatte.

«Supportez tout cela», ai-je ordonné.

Puis je l'ai aidée à mettre sa culotte.

Quand il a bougé sa main, mon sperme coulait, tachant son entrejambe.

«Vous n'allez pas me forcer sérieusement à faire ça, n'est-ce pas? elle a demandé.

"Oh ouais," dis-je. "Tu le feras. Et puis tu me raconteras tout ça ce soir."

"Cette nuit?"

"Oui," dis-je en l'embrassant. "Ce soir quand je te baise encore."

"S'il vous plaît," supplia-t-il. "Ne m'obligez pas à faire ça ... ils vont le découvrir ... et ils vont le répandre. Oh, mon Dieu, ils verront tout. Que penseront-ils?" Il baissa les yeux vers le sol, refusant de me regarder.

"Ils penseront que vous venez d'avoir la baise de votre vie."

"M-mais qu'est-ce que je vais dire?"

Je levai le menton, la forçant à me regarder dans les yeux.

"Vous direz: Oui monsieur, M. Anderson."

Il mordit une lèvre tremblante.

Ses grands yeux verts étaient larges comme des soucoupes.

«Oui monsieur, M. Anderson.

«De plus, je suis sûr que vous penserez à 'quelque chose' à dire au médecin ou à l'infirmière. Dites-leur que vous êtes tombé et que vous avez atterri sur la bite de votre patron sur le chemin du déjeuner,» lui dis-je en lui tapotant les fesses en marchant. docilement à la porte.

Oh oui, être patron a ses privilèges.

# FIN

# SITUATION INATTENDUE
## ERIKA SANDERS

45

# Chapitre I

"Je t'attendrai dans la chambre, enfiler quelque chose de révélateur," avait dit John.

Ils l'ont traité comme de la nourriture à emporter, pensa Gina à la fin de l'appel.

Et c'est ce qu'elle ressentait maintenant, en appliquant son maquillage sur le miroir de la commode: des yeux ombragés, des lèvres rouges en forme de cœur et suffisamment de maquillage sur son visage pour ne pas la faire ressembler à une figure de musée de cire.

Autre chose que vous voulez dans votre commande, chéri?

Satisfaite de son travail, elle a marché pieds nus sur le tapis de la chambre, vêtue uniquement de son soutien-gorge et de sa culotte, et a ouvert le placard.

Sur une étagère au-dessus de ses vêtements, elle a sorti une petite boîte d'argent et l'a portée à son lit.

Lorsqu'elle l'ouvrit, plusieurs dizaines et vingt billets tombèrent sur les draps de soie.

Gina en a compté quatre sur vingt et a gardé les autres dans la boîte.

Elle remit la boîte dans le placard, fourra l'argent dans son sac à main et commença à s'habiller.

John vivait à travers la ville dans une luxueuse maison de ville de cinq chambres près du canal.

Cela lui prendrait dix minutes pour s'y rendre, selon le trafic de l'après-midi.

C'était un client relativement nouveau qu'il avait servi six fois jusqu'à présent.

Elle détestait ça.

Il était arrogant, grossier et complètement pervers.

Il était d'origine italienne: la couleur de la peau olive, un gros nez et des cheveux noirs épais partout sur lui.

John aimait manger et Gina pensait qu'il ressemblait à un mélange entre un gangster des années 40 et un porc à ventre en pot.

Il s'était vanté de ses liens avec les enfers criminels, mais Gina n'était pas sûre de savoir ce qu'il disait était vrai.

Elle pensait qu'il essayait juste de l'impressionner.

Elle ne pouvait pas comprendre pourquoi les hommes pensaient que c'était attrayant pour les filles.

Gina détestait la violence et a tourné un film au premier signe de sang ou de violence.

Mais John était définitivement dans une sorte d'entreprise peu fiable.

Elle avait vu des armes chez elle.

Elle avait entendu des appels téléphoniques enflammés pendant leur relation sexuelle que John refusait d'ignorer.

Parler d'argent et de drogue.

Elle a trouvé des hommes haineux comme John: cupides, égoïstes, malhonnêtes et corrompus.

Cependant, elle avait trop besoin d'argent.

La vie de Gina était pleine de dettes.

Un cours universitaire en sciences humaines, la mini Fiat, qui lui a valu chaque jour un travail de secrétaire, l'achat de vêtements, des vacances à Ibiza et un prêt qu'elle avait contracté pour meubler son appartement.

Elle nageait dans la dette, mais les sociétés de prêt ne lui en avaient jamais refusé.

Et c'est pourquoi elle travaillait comme escorte privée depuis un an.

Privé était le mot clé.

Elle n'avait pas de publicité en ligne, trop effrayée que sa famille ou ses amis découvrent son secret sordide.

Sinon, elle comptait sur le bouche à oreille et ses habitués, des gars comme John.

Le premier homme qui l'a payée pour avoir des relations sexuelles avec elle s'appelait Peter.

Elle l'a rencontré sur un site de rencontres après sa rupture avec Adams, mais elle a su instantanément que ce n'était pas pour elle.

Ce n'était pas le fait qu'il avait la quarantaine et quinze ans de plus qu'elle.

En fait, c'était la raison pour laquelle elle l'avait rencontré en premier lieu, pensant qu'un homme plus âgé pouvait lui donner ce qu'Adams, un garçon de vingt-quatre ans, ne pouvait pas.

Engagement, sécurité, nouvelles expériences sexuelles peut-être.

Elle ne ressentait tout simplement aucun lien avec Peter et le savait dans l'heure qui suivait leur premier rendez-vous, un dîner pour deux dans un restaurant indien du plus beau quartier de la ville.

Elle lui a dit au revoir et l'a remercié pour un délicieux repas, pensant que ce serait la dernière fois qu'elle le verrait.

Mais Peter était plus intéressé par elle qu'il ne l'avait pensé au départ.

Il l'a contactée deux jours plus tard pour lui proposer de payer pour des rapports sexuels.

Gina a d'abord été surprise, voire offensée.

Avec son bronzage profond, ses cheveux blonds teints et son penchant pour révéler les vêtements, elle savait qu'elle faisait une certaine impression attrayante.

Mais cela ne ferait pas d'elle un renard ou une personne qui écarterait les jambes au premier signe de problèmes financiers.

Elle avait certainement rencontré des filles qui le feraient.

Mais Peter semblait être un gars si gentil, et plus Gina pensait à sa dette, elle commençait à se demander quel mal il y avait à accepter l'offre. Il y aurait un avantage mutuel.

Peter la posséderait et elle obtiendrait l'argent dont elle avait désespérément besoin.

Si personne ne se blesse vraiment, quel est le problème?

Gina était cependant naïve.

Elle n'a jamais imaginé à quel point le sexe rémunéré pouvait être addictif, ni à quel point cela serait misérable et bon marché pour elle.

Pour aggraver les choses, Peter n'était pas le gentleman qu'elle avait d'abord pensé qu'il était.

Bientôt, le mot se répandit qu'elle était bonne à ses services et cela ne pouvait être que parce qu'il le propageait directement.

Des offres de toutes sortes, via le site de rencontres où elle avait rencontré Peter, remplissaient sa boîte aux lettres.

Il ne pouvait pas croire combien d'hommes plus âgés recherchaient des femmes plus jeunes avec qui avoir des relations sexuelles et combien étaient prêts à payer pour cela.

Cela avait été très lucratif pour elle et elle a vite appris qu'elle pourrait gagner plus d'argent si elle était disposée à repousser un peu plus ses limites.

Les hommes ont payé plus pour des choses comme l'anal, la domination, la douche dorée et divers types de jeux de rôle.

Gina avait investi dans des uniformes d'écolière, de la lingerie sexy et des fouets. Elle avait mangé tout ce qui lui était suggéré, elle avait mis toutes sortes d'objets en elle et avait même fait semblant d'allaiter un homme de cinquante ans portant une couche.

Bien sûr, John, avec son argent, avait bénéficié de tous les services disponibles.

Des prostituées de haut niveau aux stars du porno et même à la page trois modèles.

C'était une obsession à la limite de la dépendance.

Il semblait que toutes les jeunes et belles filles étaient prêtes à vendre leurs attributs tout en les désirant.

C'était tragique.

Donc, ce n'était pas une surprise, qu'après en avoir entendu parler par un ami, John ait contacté Gina.

Et ce soir, ce serait leur cinquième fois ensemble.

Gina vérifia sa montre et rangea ses vêtements dans le miroir du couloir. "Tout sera terminé dans un an, ma fille", se rappela-t-elle.

'Tu peux le faire.'

Puis il saisit ses clés et sortit par la porte.

# Chapitre II

Dix minutes plus tard, il s'est arrêté à Midesting Road.

Il était juste dix heures et demie et une fête au bord de la piscine dans l'une des autres maisons battait son plein.

Il a franchi les portes en fer forgé de la maison de John et a garé la Fiat sur la route.

Le clair de lune brillait sur le toit de la Mercedes d'argent de John lorsqu'il entendit le bruit de ses talons craquer sur le gravier et il se dirigea vers le côté de la maison.

John lui avait dit d'entrer par l'entrée arrière.

Ce soir, ils vont jouer à un jeu de rôle.

Il va être allongé sur le lit et elle va entrer, comme un voleur, et le surprendre.

John adorait mélanger les choses.

Elle n'avait jamais rencontré un homme aussi imaginatif sexuellement.

Il s'arrêta à mi-chemin sur le côté de la maison et regarda de haut en bas dans l'allée.

Elle était sûre que personne ne la verrait là-bas, mais elle voulait s'assurer au cas où.

Elle baissa sa culotte, la fit glisser le long de ses talons, puis ajusta sa jupe.

Elle fourra sa culotte dans son sac.

Dentelle rouge, la préférée de John.

Puis elle trébucha sur ses talons le long du chemin et ouvrit la porte de l'arrière-cour.

Une poubelle en métal a sonné quand il l'a accidentellement frappé avec le bout de son talon pointu.

'Stupide!' Elle se réprimanda.

La lumière de la cuisine était allumée et la porte-fenêtre qui y conduisait était entrouverte.

John doit l'avoir laissé ouvert pour elle.

Gina repoussa ses cheveux, continua sa marche sensuelle et entra dans la maison.

Il sentit l'odeur de brûlé en entrant dans la cuisine et ferma la porte.

C'était probablement l'un des cigares que John aimait fumer.

C'était un gangster fumant.

La maison était silencieuse.

John devait l'attendre au lit comme il l'avait dit.

Gina traversa la salle à manger très soigneusement meublée, tous les meubles modernes et le bois dans une teinte rouge foncé, et sortit dans le couloir.

Elle regarda vers l'escalier en colimaçon.

"John," dit-il moqueur. «Êtes-vous prêt ou non?

Ses talons claquèrent sur les marches polies alors qu'elle montait les escaliers.

Lorsqu'il se tourna dans le couloir, il vit la porte de la chambre de John s'ouvrir.

La lumière était allumée mais ne faisait toujours aucun bruit.

Puis il a entendu un grincement.

'John?'

Le gros bâtard était probablement assis sur son trône dans la salle de bain attenante.

Gina lissa ses cheveux, abaissa son décolleté et entra dans la pièce.

Tout semblait s'arrêter à ce moment.

Le corps entier de Gina se figea.

Allongé sur le lit, complètement nu et regardant le plafond, se trouvait John, avec une mare de sang trempant les draps autour de lui et sa gorge tranchée.

Hurla Gina.

Une silhouette sombre sortit de derrière la porte et l'attrapa, enroulant un bras autour de son cou et mettant sa main sur sa bouche.

"Ne fais pas de bruit ou je couperai aussi le tien", a-t-il dit.

Gina sentit la pointe aiguë et froide d'un couteau autour de son cou.

'Qui es tu?' gémit-elle.

«Quelqu'un avec qui vous n'aimeriez pas baiser»

L'homme serra son cou plus fort avec son avant-bras musclé.

'Qu'est que tu fais ici?'

«Je suis venu voir John».

'Pour que? "

"Il m'a demandé de le faire."

'Parce que?' demanda l'homme.

«Juste pour le voir.

Il a écrasé la trachée de Gina avec son bras, la faisant s'étouffer.

'Parce que?' cri.

«Pour avoir des relations sexuelles», Gina a réussi à babiller.

Elle a commencé à tousser lorsque l'homme a relâché la pression autour de son cou.

'Tu es une prostituee? ' il a dit.

'Ne pas!'

'Alors quoi?'

«Une escorte».

"C'est la même chose", a déclaré l'homme.

Gina n'a rien dit, trop effrayée que l'homme puisse lui casser le cou ou la poignarder si elle le contredit.

"Il semble que nous ayons un problème", a-t-il déclaré.

Il se tourna vers le corps sans vie de John, tenant Gina fermement entre son bras et sa poitrine.

Gina avait l'impression qu'elle allait tomber malade en voyant autant de sang.

"Maintenant tu es témoin d'un meurtre."

S'il vous plaît, plaida Gina.

'Je ne le dirai à personne. Laisse-moi partir.'



'Je ne le dirai à personne. Laisse-moi partir.'

# Chapitre III

Un rire sinistre vint de l'homme.

"Vous comprenez sûrement que ce ne sera pas aussi facile que ça."

La peur a traversé le corps de Gina.

Elle sentit de l'urine chaude commencer à couler à l'intérieur de ses jambes.

Elle ne voulait pas mourir ce soir.

L'homme lui attrapa le bras avec sa main gantée de cuir et la conduisit à la salle de bain.

Il ferma la porte derrière eux et se tourna pour la regarder.

Gina recula dans un coin lorsqu'elle vit son visage.

Elle ne s'était pas attendue à ce que ce soit l'un des plus beaux visages qu'elle ait jamais vu, mais c'était la profonde cicatrice qui coulait le long d'un côté de sa joue qui l'avait le plus surprise.

Et son corps semblait fait pour tuer, avec des épaules de champion de boxe et ça pouvait casser un cou en deux.

C'était un monstre.

Il la regarda de haut en bas avec des yeux bleus durs.

«Qui sait que vous êtes ici?

'Personne! S'il vous plaît, pouvez-vous me laisser partir et m'échapper. Je vous assure, je ne le dirai pas à la police.

Il s'approcha d'elle à un rythme lent et prédateur.

«Il est trop tard pour ça. Vous avez déjà vu mon visage. »

«Je promets que je ne le dirai pas. S'il vous plaît, ni vous ni John ne m'inquiètent, je veux juste rentrer à la maison. Je ne veux pas mourir. "Gina fondit en larmes.

L'homme a mis une main gantée sur son épaule nue et s'est approché menaçant de son visage.

Gina sentit l'air chaud de son nez effleurer ses joues.

«Maintenant, maintenant, maintenant», ronronna-t-il. «Pourquoi ruiner ce joli visage?

Il passa un long doigt sur la joue striée de larmes de Gina.

Le corps entier de Gina s'est transformé en glace lorsqu'elle a senti son contact.

Il y avait quelque chose d'extrêmement conflictuel dans l'attrait qu'elle ressentait pour le corps de cet homme et la peur qu'elle ressentait d'être coincée contre le mur par quelqu'un qu'elle connaissait pourrait facilement la tuer.

Il se pencha plus près et passa sa langue rugueuse sur son visage, la faisant sentir un frisson traverser sa peau.

Elle ne s'attendait pas à ce qui allait suivre.

La main gantée de l'homme glissa sous sa jupe, ses longs doigts sondant ses lèvres exposées.

«Vilaine,» dit-il lors de sa découverte inattendue.

'S'il te plait ... oh'

L'homme avait retiré son gant et un long doigt charnu était maintenant à l'intérieur d'elle.

Il a trouvé le clitoris de Gina en douceur et l'a massé, créant une chaleur qui a commencé à se répandre en elle.

Il passa sa langue sur les contours fermes du cou de Gina en même temps.

Gina se tourna et vit son reflet dans le miroir au-dessus de l'évier.

Et il a également vu cette bête grande et étrange s'enfoncer dans son cou comme un vampire, avec la lame du couteau dans sa main libre clignotant dans la lumière halogène comme un avertissement.

Elle n'osa pas bouger de peur qu'il n'utilise sa pointe acérée contre elle.

L'homme s'éloigna et fit courir son regard sur son corps.

Il y avait une profonde excitation en eux comme s'il pouvait voir son corps nu à travers les vêtements.

Il glissa son sac de son épaule et le laissa tomber sur le sol, alors qu'un tube de rouge à lèvres et une culotte rouge se répandait sur les carreaux.

Il attrapa l'un de ses seins à travers son gilet moulant et le serra doucement, puis passa son doigt sur son mamelon alors qu'elle se raffermissait.

Elle était du mastic entre ses mains.

« Qu'est-ce que tu vas faire de moi ? Elle a demandé.

« Puisque nous sommes seuls et que nous avons l'endroit prêt pour nous, je vais vous donner ce que ce gars là-bas ne vous aura jamais donné.

Oh mon Dieu, pensa Gina. Pas ca.

Sentant sa peur, l'homme sourit.

'Ne t'en fais pas. Une fois que vous me rencontrez dans votre chatte, vous serez heureux que l'autre soit mort.

L'homme avait raison de dire qu'ils étaient seuls.

Sans voisin à proximité, tout appel au secours donnerait des résultats infructueux.

Si ... si elle était d'accord, elle a fait ce que l'homme a dit, elle pourrait sortir de la maison vivante.

Avec toutes les autres chances contre elle, quel autre choix avait-elle à part jouer le meilleur jeu de rôle de sa vie ?

Il a donc pris une décision.

Elle allait faire la meilleure performance de sa vie.

Et si cela échouait, elle avait un plan de sauvegarde.

"Enlève ça," grogna l'homme en hochant la tête vers son gilet.

Gina a fait ce qu'il a dit.

Lorsque le gilet glissa sur sa tête, elle secoua ses cheveux et le regarda.

"Je veux que tu te déshabilles aussi," dit-il.

L'homme laissa échapper un rire moqueur.

« Tu ne vas pas me dire quoi faire. Et je ne suis pas aussi stupide que vous semblez le croire. Jetez-le. Il hocha la tête vers la jupe de Gina.

Elle déboutonna sa jupe et la laissa tomber le long de ses jambes, puis lui donna un coup de pied avec son talon.

Elle était là devant lui en talons et soutien-gorge, et avec des lèvres vaginales rasées exposées à l'air frais de la salle de bain.

Il leva ses yeux bleus entourés de mascara au regard pénétrant de son ravisseur.

"Comme c'est doux et beau", dit-il, aspirant de l'air dans ses narines. 'Tourne toi.'

Gina se retourna et regarda le mur de tuiles.

À travers le reflet du miroir, elle regarda l'homme se pencher et caresser son entrejambe alors qu'il étudiait ses fesses.

La grosse bosse qu'il voyait sortir de son pantalon lui fit savoir qu'il était bien doté.

Il la fit se pencher en avant, attrapa ses hanches et amena son entrejambe vers elle.

La masse dure et grasse pressait maintenant contre la fente de ses fesses.

Sa main nue toucha son cul et la poussa en avant, le couteau toujours fermement saisi dans l'autre.

Gina le regarda alors qu'elle le plaçait sur le comptoir près de l'évier et commença à déboutonner son pantalon.

Elle regarda le couteau, luttant contre l'envie de l'attraper.

Mais elle savait qu'elle ne pouvait pas être aussi stupide; avec sa taille, l'homme allait dominer son petit corps d'un mètre et demi en quelques secondes. Pourtant, c'était tentant ... très tentant.

Son pantalon noir tomba au sol révélant une paire de boxers, également noirs, sur d'énormes cuisses musclées.

Son érection monta jusqu'à l'ourlet, gonflée et énorme.


Gina ravala le halètement qui s'échappa presque de sa bouche.

Comment pouvait-il intégrer tout cela?

La grosse bite était tendue contre le tissu serré de son short, impatiente de sortir.

Lorsque l'homme les abattit, la grosse tête violette tomba sur les joues de Gina.

Le membre épais et très veineux mesurait au moins cinq pouces de long.

Le tueur était un Adonis sexuel.

Il attrapa sa hanche avec la main toujours gantée et prit sa bite avec l'autre, la guidant vers les lèvres vaginales de Gina.

Quand elle sentit le sexe chaud et doux entre ses lèvres, Gina haleta.

Et quand il l'a poussé à l'intérieur, ses genoux ont presque fléchi.

Le pénis entra dans une profondeur audacieuse, palpitante d'excitation à l'intérieur de son vagin chaud et humide.

Il a frappé une zone à l'intérieur de Gina qui n'avait jamais été pénétrée auparavant, et son clitoris perfide a commencé à pomper d'excitation, de l'humidité se rassemblant sur ses lèvres et ses murs pour accueillir cette nouvelle arrivée passionnante.

L'homme a commencé à pousser, ses hanches fortes ont pu forcer la dureté des parois internes de Gina avec une vitesse extraordinaire.

C'était incroyable.

Elle agrippa le bord du comptoir de l'évier tandis qu'il continuait à pénétrer ses lèvres vaginales humides, ses couilles la frappant.

Il ôta l'autre gant et, avec ses mains douces étonnamment grandes, parcourut son dos et ouvrit son soutien-gorge.

Elle tomba sur le carrelage, libérant ses seins.

Maintenant, elle ne portait ses talons que lorsque l'énorme bête l'a frappée par derrière.

Gina le sentit reculer, sa chatte obtenant un instant de soulagement momentané.

Mais il ne fallut pas longtemps avant que son pénis ne soit à nouveau en elle, mais cette fois vers son cul.

L'énorme bite du tueur a pénétré les plis serrés de l'anus de Gina, lui envoyant une douleur aiguë qui l'a traversée.

Pendant un moment, il pensa qu'il ne serait pas capable de supporter la douleur, les muscles serrés pour éjecter cet objet étrange, mais ensuite ils se détendirent quand la douleur commença à se transformer en plaisir.

Gina avait déjà reçu des relations sexuelles anales, mais pas d'un phallus aussi gros que celui-ci.

Le plaisir qui la submergeait maintenant n'était pas comparable à tout ce qu'elle avait ressenti auparavant.

Elle devait se rappeler où elle était.

Dans la maison de John baisée par un homme qui venait de le tuer.

Le cadavre de John, mort et déjà un peu froid, gisait à quelques mètres de là dans l'autre pièce comme une effigie horrible de son ancien moi.

Gina savait qu'elle ne pourrait jamais effacer cette image de sa mémoire, peu importe combien elle la méprisait.

Et cela effacerait sa haine pour lui s'il pouvait revenir vivant et l'aider maintenant.

Mais il y a quelque chose d'étrange dans ce qui se passe lorsque vous faites face à une menace de mort et Gina en faisait l'expérience pour la première fois dans cette salle de bain dans laquelle elle était maintenant captive.

Un instinct prend le dessus, si primitif que vous ne vous sentez plus comme un instinct animal.

Et tu sais que tu feras tout pour survivre.

# Chapitre IV

L'homme lui a martelé le cul avec des fentes furieuses, la salive coulant de sa bouche, son beau visage rougi et excité.

Les sons bas et gutturaux qu'il émettait avertirent Gina qu'elle était sur le point de venir.

Elle agrippa fermement le bord du comptoir.

Le bout de ses doigts est devenu blanc alors qu'il se tenait.

« Merde », grogna l'homme.

'Je vais courrir'.

Et il l'a fait, et un lourd soupir est sorti de sa bouche, il a fermé les yeux et baissé la tête en arrière ...

Et Gina en a profité.

Il laissa tomber le comptoir et attrapa le couteau.

D'un coup sec et énergique de son bras, il le plongea dans le cou de son agresseur.

Elle se leva et l'appuya contre le mur, les tuiles froides contre son dos trempé de sueur.

Les yeux écarquillés de peur et d'inquiétude, Gina vit l'homme se tenir dans une posture statique, s'étouffant alors que ses grands yeux la fixaient.

Le couteau dépassait de son cou épais et brillant, et du sang rouge foncé s'infiltra le long du col de son manteau noir.

Son sexe était toujours dressé, une traînée rougeoyante de sperme balançant de la pointe.

Ses yeux stupéfaits restèrent fixés sur ceux de Gina alors que sa bouche s'ouvrait et que du sang coulait sur sa lèvre inférieure.

Il réussit à gargouiller le mot « salope » avant de s'effondrer en arrière et de s'écraser contre la porte.

Gina le regarda un instant, sa poitrine se soulevant et tombant, avant de laisser échapper un rire fou. Son plan avait fonctionné.

Première fois. Elle l'avait vu dans le miroir fermer les yeux alors qu'il éjaculait, elle était donc ravie du fait qu'il avait rendu l'attaque tellement plus facile.

Elle attrapa ses vêtements et s'habilla rapidement, cette fois en remettant sa culotte.

Elle a attrapé son sac et a donné des coups de pied à son agresseur avec l'orteil pointu de son talon. Puis elle lui cracha au visage.

«C'est pour m'appeler une chienne, fils de pute!

Il repoussa son corps pour pouvoir ouvrir la porte.

L'arrière de son crâne frappa le tapis avec un bruit sourd alors qu'il ouvrait la porte.

Elle marcha sur la pointe des pieds sur le corps imbibé de sang et entra dans la chambre.

Elle regarda le corps de John sur le lit.

Du sang sur le sol.

Sang au lit.

La mort partout où il regardait.

C'était trop.

Gina sortit en courant de la pièce et descendit l'escalier en colimaçon aussi vite que ses talons pouvaient la porter, des triangles cramoisis tachant le sol au fur et à mesure.

Au bas de l'escalier, elle s'arrêta, essuya ses larmes et contrôla ses pensées.

Ce style de vie avait tout gâché pour elle.

Il l'avait rendue misérable et cynique avec les hommes.

Il avait réorganisé son moral.

Et ce gros bâtard mort était l'un des pires avec ses manières corrompues et ses fantasmes sordides.

Il était un modèle dans la société, mais il a répandu et infecté tout ce qu'il a touché avec ses manières corrompues.

Y compris elle.

Cela avait fait de lui quelque chose qu'elle n'était pas.

Et maintenant, il l'avait transformée en assassin.

Elle avait tué en état de légitime défense et la merde qui gisait dans une mare de son propre sang méritait tout ce qui lui était arrivé.

Mais elle savait qu'elle n'oublierait jamais.

Comment il l'avait maltraitée comme si elle n'était rien de plus qu'une sale pute, et comment son corps l'avait trahie en répondant avec plaisir au toucher de ses mains sales et meurtrières.

Combien de vies d'autres jeunes femmes ces deux femmes ont-elles dû ruiner?

Et combien souffraient encore ces filles?

Je ne vais plus souffrir, pensa Gina.

Il monta les escaliers et entra dans la chambre.

La vue des deux cadavres morts lui donna envie de vomir, mais elle ravala sa nausée avec un coude et s'approcha du lit.

Le visage de John était un masque d'horreur, sa bouche noire et ouverte comme un poisson, ses yeux figés de terreur.

Gina détourna les yeux et attrapa le bracelet en or autour de son poignet tronqué.

Il y avait un mince médaillon rectangulaire qui attachait la chaîne.

Elle l'ouvrit et lut le numéro à l'intérieur: 47689.

Répétant le numéro sur sa tête comme un mantra, elle referma le médaillon et fouilla dans son sac.

Il sortit un mouchoir et essuya les empreintes digitales du médaillon.

Il lança un dernier regard dédaigneux à John avant de se retourner et de courir en bas.

Elle courut dans le couloir jusqu'à ce qu'elle atteigne le bureau de John et ouvrit la porte.

Il parcourut la pièce jusqu'à ce que ses yeux tombent sur ce pour quoi il était venu.

Le coffre-fort de John.

Il s'était vanté de son contenu lors d'une des visites de Gina et elle avait demandé à savoir ce qu'il y avait à l'intérieur.

"Beaux bijoux", avait-il dit avec un sourire arrogant.

"Ça vaut plus que toute cette maison."

Puis il tapota la chaîne de son poignet et porta son doigt à ses lèvres. "Chut".

Gina se dirigea vers le coffre-fort sur le mur et composa la combinaison.

Le coffre-fort a cliqué indiquant qu'il pouvait être ouvert.

Elle ouvrit la porte en acier et regarda à l'intérieur.

Au sommet d'une pile d'enveloppes brunes se trouvait une boîte à bijoux rouge veloutée.

Gina sentit un nœud dans son estomac.

Elle l'a ouvert pour trouver le collier de diamants le plus incroyable qu'elle ait jamais vu, avec ses pierres magnifiquement travaillées étincelantes d'effet cinématographique.

"Ça vaut plus que toute cette maison," se murmura-t-elle.

Assez pour rembourser toutes vos dettes et plus encore.

Le cœur battant dans sa poitrine, elle referma le couvercle et mit la boîte à bijoux dans son sac.

Elle ferma ensuite le coffre-fort et frotta son mouchoir sur ses traces éventuelles.

Elle se précipita hors du bureau et descendit le couloir jusqu'à la porte d'entrée, vérifiant que ses talons n'avaient laissé aucune empreinte incriminante d'elle sur ses planches brillantes.

Pas le vôtre.

Elle a ouvert la porte de la maison.

L'air frais et doux frappa ses joues alors qu'elle entrait dans la nuit et le fardeau de la présence dans la maison glissa instantanément de ses épaules.

Libérée enfin, elle descendit l'allée en gravier et sauta dans sa voiture, jetant son sac sur le siège passager.

Elle laissa tomber sa tête sur le volant et laissa échapper un cri profond et guttural.

Épuisée et épuisée, elle fouilla dans son sac et sortit son téléphone.

Elle a composé le 911.

"Police, s'il te plaît, je viens de tuer un homme."

# FIN

69